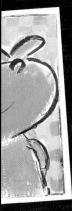

e la cantine,
olis. Champion
le la cour,
cé de Chloé.

SÉBASTIEN : il passe
sa journée à dessiner.
Il est très fort.

JEANNE : elle fait tout
en courant, c'est une
championne pour jouer à chat.

LÉON : il adore les livres
et les fourmis. Il mord
si on l'embête.

MA MAÎTRESSE :
la plus belle !

Et moi,
je suis comment ?

à Julian

© casterman 2003
www.casterman.com
Mise en page : Petit Scarabée
Dépôt légal : avril 2003 ; D.2003/0053/101 - ISBN : 2-203-14326-6
Droits de traduction et de reproduction réservés pour tous pays.
Déposé au ministère de la Justice,
Paris (loi n° 49.956 du 16 juillet 1949 sur les publications
destinées à la jeunesse). Imprimé en France par Pollina, Luçon - n° L89128-A.

CLAUDIA BIELINSKY

LA MAÎTRESSE est malade

casterman

– Aujourd'hui, annonce la maîtresse, j'ai un gros "rhube". J'ai le nez tout bouché et je ne peux pas parler. Vous voulez bien m'aider?
– Oui, maîtresse!

– Je lui ai prêté
mon écharpe...

– Moi, dit Léon, je vais vous raconter une histoire avec des monstres qui font peur dans le noir !

– Moi, dit Sébastien, je suis le roi du dess

je vais vous montrer comment on peint !

– Avec moi, dit Jeanne, on va faire plein d'acrobaties sur les tapis !

– Et moi, dit Uki,
je nous emmène
tous en récré !

– Écoutez, dit Uki, on va guérir la maîtresse.

– Comment ? s'écrient les enfants.

– Je connais une recette magique.
On va la préparer tous ensemble.
Dès que la maîtresse en prendra,
son rhume disparaîtra !

– D'accord, d'accord !

– Voilà ma recette, chuchote Uki.

Dans un sac en plastique,
il faut mettre :

- 5 grains de sable de la cour des petits
- 4 gâteaux au chocolat écrasés
- 6 feuilles du Grand Arbre
- 8 cuillères de terre
- 1 petit verre d'eau
- 3 fourmis (vivantes)
- 1 pincée de toile d'araignée

Après, il faut bien mélanger, laisser
reposer puis faire un nœud très serré.

– Pas mes fourmis !

– Allez les amis, on va voir
la maîtresse ! dit Uki.
Pourvu qu'il ne laisse pas tomber
le sac de potion magique...

– Maîtresse, annonce-t-il fièrement, on t'a préparé la potion magique qui débouche le nez et guérit tous les "rhubes".

– On va t'expliquer comment l'utiliser.

– Il faut fermer les yeux, poser le sac sur ta tête, ouvrir grand tes bras…

et on se fait tous un gros câlin !

– Oh! s'écrie la maîtresse.
Vous avez raison, c'est magique.
Je me sens déjà mieux, je suis
presque guérie...
– On est bien contents,
maîtresse, mais...

– ... est-ce que tu pourrais
nous passer les mouchoirs ?

BARBARA : elle joue
aux billes et elle a
la plus grosse collection
de dinosaures !

GUILLAUME : il aime
chanter. Comme il a souvent
mal à la gorge, sa maman
lui tricote plein d'écharpes.

CHLOÉ : elle aime
les robes qui tournent
mais pas les poupées.
Elle est la fiancée
de Cyril.

MIREILLE : inséparable
de ses poupées. Elle est
très copine avec Chloé.

PIERRE : il est très costaud
et aussi très rigolo.